PRÉFECTURE
1 JUIN 1875
DE LA LOIRE

CHAMBRE D'AGRICULTURE

DE MONTBRISON

I0546708

RAPPORT

Présenté à la Séance du 17 octobre 1874, à l'occasion
d'une proposition de loi faite à l'Assemblée nationale,
et ayant pour objet de modifier l'article 9 de la loi
du 21 juin 1865, sur les Associations syndicales.

PAR

L. DE ST-PULGENT

Ancien Préfet

Avis de la Chambre d'Agriculture.

MONTBRISON
IMPRIMERIE-TYPOGRAPHIQUE A. HUGUET

1875

CHAMBRE D'AGRICULTURE

DE MONTBRISON

RAPPORT

Présenté à la Séance du 17 octobre 1874, à l'occasion
d'une proposition de loi faite à l'Assemblée nationale,
et ayant pour objet de modifier l'article 9 de la loi
du 21 juin 1865, sur les Associations syndicales.

PAR

L. DE ST-PULGENT

Ancien Préfet

Avis de la Chambre d'Agriculture.

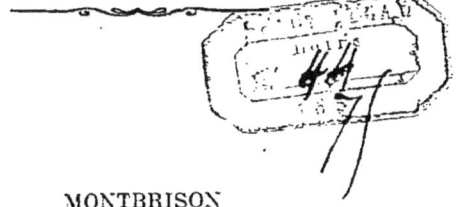

MONTBRISON
IMPRIMERIE-TYPOGRAPHIQUE A. HUGUET

1875

MESSIEURS,

Le Syndicat est une association de propriétaires, ayant pour objet l'exécution de travaux
d'un intérêt commun. Les lois de 1807 et de
1865 ont tracé les règles qui doivent servir
de base à la formation des Syndicats, en même
temps qu'elles ont fixé les droits des propriétaires, et circonscrit les limites de l'intervention
administrative.

Le législateur de 1865 a cru devoir, en outre,
diviser les travaux, qui sont le but du Syndicat,
en deux grandes catégories. Dans la première
il a placé tous ceux de conservation, de défense
ou de salubrité, de préservation contre des
dommages certains, des détériorations éviden-
tes et des diminutions de patrimoine; ce que
les Romains appelaient *de damno vitando*.
Dans la seconde, il a placé tous les travaux

qui visent exclusivement une amélioration
foncière, sans qu'il y ait péril dans le maintien
du *statu quo*, ce que le droit écrit appelait
de lucro captando.

Font partie de la première catégorie les
travaux :

1° De défense contre la mer, les fleuves,
les torrents et les rivières navigables ou non
navigables ;

2° De curage, approfondissement, redresse-
ment et régularisation des canaux et cours
d'eau non navigables ni flottables, et des
canaux de desséchement et d'irrigation ;

3° De desséchement des marais ;

4° Des étiers et ouvrages nécessaires à l'exploitation des marais salants ; (1)

5° D'assainissement des terres humides et
insalubres ;

Dans la seconde catégorie, sont compris les
travaux :

6° D'irrigation et de colmatage ;

7° De drainage ;

8° De chemins d'exploitation et de toute
autre amélioration agricole ayant un caractère
d'intérêt collectif.

Or, ces deux catégories sont assujetties à
des règles différentes. Pour la première, et
précisément parcequ'il s'agit d'arrêter ou

---

(1) Ces travaux ont le privilège de rentrer dans la première catégorie, parceque
le sel est un objet de première nécessité et que sa fabrication doit être favorisée
par tous les moyens possibles.

même de prévenir une situation mauvaise, de parer à des dangers certains, de remédier à des détériorations qui peuvent compromettre l'intérêt général, le législateur a admis dans une certaine mesure le droit d'initiative de l'administration; et il a donné à celui des propriétaires une autorité coërcitive, qui leur permet d'obliger à faire partie de l'association les co-propriétaires récalcitrants. Il suffit pour celà que ceux, auxquels appartient l'initiative, représentent la majorité des propriétaires et les deux tiers des surfaces intéressées, ou la majorité des surfaces et les deux tiers des propriétaires. Alors, et après l'accomplissement de formalités tutélaires du droit des minorités, l'association peut être autorisée, et jouir de certains privilèges et immunités: c'est ce qu'on appelle le Syndicat autorisé.

Quant aux travaux de la seconde catégorie, il faut, pour la formation d'un Syndicat, le consentement unanime des intéressés.

On comprend quel est le sentiment libéral qui a inspiré le législateur de 1865. Il n'a point voulu appliquer le *compelle intrare* aux propriétaires qui se déclaraient satisfaits du rendement de leurs propriétés. Il a supposé que le sentiment de leur intérêt suffirait à leur faire adopter spontanément tout projet ayant pour résultat certain une plus value foncière, et un revenu plus considérable.

Il semblait raisonnable de penser ainsi.

Mais l'expérience a prouvé que cette division et les bases, sur lesquelles elle reposait, péchaient par le côté pratique.

En effet, pendant que les dispositions bienveillantes de la loi de 1865 provoquaient la création nombreuse de Syndicats autorisés, et occasionnaient ainsi des améliorations agricoles considérables, malgré certaines imperfections de détails et des récriminations parfois justifiées, il ne se formait pas ou presque pas de Syndicats libres. J'ai toujours vu pendant ma carrière administrative, les démarches des hommes d'initiative échouer devant le refus de quelques propriétaires récalcitrants, dont la mauvaise volonté était sans excuse, et ne pouvait avoir pour mobile qu'une spéculation inavouable, ou une opposition sans générosité, sans patriotisme ou sans intelligence de ses propres intérêts.

Faut-il donc renoncer aux améliorations quelquefois colossales, que pourrait produire l'association en agriculture, par un respect aussi absolu du droit de propriété?... M. de Ventavon et ses collègues de l'Assemblée nationale ne l'ont pas pensé. Et ils ont déposé à la séance du 28 mars 1873 un projet par lequel ils proposent de supprimer les distinctions entre les Syndicats libres et les Syndicats autorisés, et de décider que tous les propriétaires intéressés aux travaux spécifiés dans les 8 numéros de l'article 1er de la loi de 1865, et que j'ai rappelés plus haut, pourront être réunis par arrêté préfectoral en association Syndicale autorisée.

La commission chargée de l'examen de cette proposition a voulu, avant de se prononcer, avoir l'avis des chambres d'agriculture; et c'est pour formuler votre opinion à cet égard que vous êtes réunis aujourd'hui.

Je reconnais bien tout d'abord qu'il ne faut pas faire trop bon marché du droit de propriété, ni le sacrifier trop à la légère à tout ce qu'on voudra appeler l'utilité publique. On voit de reste jusqu'où l'on peut s'engager dans une pareille voie qui n'est séparée des traditions et des procédés révolutionnaires que par un fil trop facile à trancher, si les hommes du parti conservateur ne se montrent pas toujours les gardiens vigilants de cette limite, si frêle soit-elle. Cependant la loi de 1807 et après elle, celles de 1845, 1854 et 1865 ont admis une atteinte à ce droit dans un intérêt qui n'est pas tout à fait général, au moins pour certains cas. La conscience publique ne s'est pas révoltée contre les dispositions édictées par ces lois. Elles sont même acceptées avec un certain bon vouloir qui serait bien plus accentué s'il n'y avait bien des côtés défectueux dans leur application.

Puis donc que l'opinion est assez favorablement disposée à l'égard d'une législation qui place temporairement le patrimoine privé sous l'administration d'une commission syndicale, ayant plein pouvoir pour y faire certains travaux et le frapper de certaines taxes, examinons: 1° Pourquoi le législateur de 1865 a cru devoir créer deux catégories d'associations dont les unes pourraient se former dans des conditions déterminées de majorité et obliger la minorité à subir des travaux et à payer des taxes contre lesquels elle ne peut protester, et dont les autres sont placées sous l'égide du respect absolu du droit de propriété; 2° S'il y a lieu de maintenir cette division, ou de fondre au contraire toutes les associations dans la même catégorie, celle des Syndicats autorisés.

I

Protéger les bords de la mer contre l'invasion d'un flux dévastateur, les terres riveraines des fleuves et rivières contre les chances d'inondation; (§ 1er *de l'article 1 de la loi de 1865).*

Maintenir aux canaux et aux rivières leur largeur et leur profondeur règlementaires par des curages, afin qu'ils puissent recevoir le volume d'eau qu'ils sont destinés à emmagasiner; les redresser afin d'éviter la corrosion des rives et la création de courants sur les terres environnantes; faire les mêmes travaux aux canaux de desséchement et d'irrigation, pour ne pas perdre le fruit des capitaux consacrés à leur établissement; (§ 2)

Mettre en valeur des terrains complètement inproductifs, et même dangereux au point de vue de la circulation et de la salubrité, comme les marais; (§ 3)

Pourvoir à une nécessité publique, à une consommation obligée dans tous les usages de la vie domestique et agricole, et que rien ne peut remplacer, comme la préparation du sel; (§ 4)

Rendre la salubrité à un pays que déciment quelquefois les fièvres paludéennes, par le desséchement des terres humides et insalubres; (§ 5)

Tels sont dans leur ensemble les projets qui rentrent dans la première catégorie, et peuvent donner lieu à la création de Syndicats autorisés. Ils ont un caractère commun et qui saute aux yeux: tous pourvoient à une situation périlleuse et qui pourrait avoir des conséquences désastreuses, si on n'y portait remède par des travaux de défense. A quoi il faut ajouter, pour mémoire, deux détails de salubrité ou d'alimentation publiques, lesquels portent en eux-mêmes leur justification. Ainsi l'indépendance absolue du propriétaire peut être atteinte toutes les fois qu'il s'agira de prévenir la perte et la détérioration d'un capital commun et circonscrit dans un certain périmètre.

Mais il faut le consentement absolu de tous les propriétaires lorsqu'il s'agira :

1° D'enrichir et de niveler par le colmatage des terrains maigres et à surface rugueuse; de créer de vastes prairies en organisant un puissant système d'irrigation; (§ 6)

2° D'augmenter la fécondité des terres et favoriser l'action de tous les engrais en débarrassant, par le drainage, le sous-sol des eaux excédant les besoins de la végétation; (§ 7)

3° D'accroître la valeur d'un ensemble de cultures ou d'exploitations agricoles par la création de chemins, ou toutes autres améliorations ayant un caractère d'intérêt collectif; (§ 8)

Ces trois derniers paragraphes visent bien des travaux dont le but est d'augmenter la valeur du patrimoine, ce en quoi ils sont très-distincts des cinq premiers dont le but est de parer à une diminution du patrimoine.

Pourquoi les uns sont-ils traités moins favorablement que les autres? Pourquoi la loi exige-t-elle pour ceux-ci des conditions qui en rendent la réalisation à peu près impossible?

Il n'en faut pas chercher la raison ailleurs que dans ce respect du droit de propriété qui fait qu'on n'y porte atteinte que lorsqu'on s'y croit obligé. Or, le législateur de 1865 s'est dit : L'Etat n'est-il pas, à un certain point de vue, le tuteur et le protecteur des intérêts privés, lorsqu'on ne les considère plus à leur point de vue privé, mais à leur point de vue collectif? N'a-t-il pas le droit et le devoir de veiller à la fortune publique, à sa conservation, à son intégrité? Et la fortune publique n'est-elle pas la collection et le faisceau des fortunes privées? Lors donc qu'un ensemble considérable d'intérêts particuliers est en péril, n'y a-t-il pas péril pour la fortune publique dont la décadence se mesure par des ébrêchements partiels? Ne doit-il pas alors armer ces intérêts privés de pouvoirs exceptionnels en vue de reprendre leur équilibre; et ne doit-il pas lui-même assumer la responsabilité d'une certaine initiative, puisque la fortune publique est engagée?....

La réponse à ces diverses questions ne pouvait être douteuse dans l'esprit d'aucun homme sage, et soucieux de l'intérêt général. Tels furent les principes qui entraînèrent la création des Syndicats autorisés.

Les mêmes raisons ne s'appliquaient pas au drainage, au colmatage, à l'irrigation, à la création des chemins d'exploitation. Ces opérations constituent une véritable spéculation agricole, à laquelle le législateur n'a pas cru devoir accorder des droits exceptionnels, pas plus que n'en ont à leur disposition les spéculations industrielles. Il a bien voulu protéger le père de famille contre le mauvais vouloir de voisins qui l'empêcheraient de conserver

et de protéger son héritage: mais il a cru
ne pouvoir qu'accompagner de ses vœux, en
lui donnant toutefois certaines facilités, celui
qui rêve de s'agrandir, et d'augmenter son
revenu. Celui-là, ou ceux-là, ils les laisse
opérer à leurs risques et périls: mais il n'en-
tend pas les armer contre des voisins récalcitrants qui préfèrent *l'aurea médiocritas* dans
laquelle furent bercés leurs aïeux, au bien
être que peut donner un accroissement de
fortune. De prime abord, il semble que le législateur ait eu raison de s'arrêter dans la voie
des concessions. Il pouvait craindre peut-être
que la conscience publique, indulgente lorsqu'il s'agissait de prévenir une perte, ne se
montrât plus sévère alors qu'il s'agissait de
réaliser un gain.

II

Examinons cependant si ces considérations,
fort respectables à coup sûr, sont tellement
impérieuses, qu'elles doivent commander le
maintien du *statu quo*.

Et d'abord le législateur a-t-il été toujours
aussi respectueux du droit de propriété, et ne
l'a-t-il jamais sacrifié que lorsque la fortune
publique ou les intérêts généraux étaient en
péril? Certainement non. Et toutes les fois
qu'il s'agit de favoriser le développement de

la richesse ou du bien-être de tous, comme, par exemple, par la création de routes, chemins, canaux ; lors même que les intérêts ont un caractère plus restreint, et qu'il ne s'agit que des bâtiments ou établissements communaux, la loi met à la disposition de l'Etat ou de la commune l'expropriation pour cause d'utilité publique. Mais, objectera-t-on, c'est l'Etat qui est en cause, c'est la commune, c'est-à-dire ce qui représente au plus haut degré l'intérêt public, sans qu'aucun intérêt privé ne soit en jeu.

C'est vrai : mais la même faveur est accordée aux compagnies de chemins de fer, aux Syndicats eux-mêmes, lesquels ne représentent qu'une collection d'intérêts privés, dont la prospérité et le succès sont liés néanmoins au progrès général.

Ce n'est pas que je veuille comparer l'obligation imposée aux propriétaires de la minorité dans une association syndicale à l'expropriation Ici il y a une éviction; là il y a une charge imposée au fonds syndiqué. Mais cette charge est souvent appréciée plus sévèrement et est plus douloureuse au propriétaire qu'une expropriation qui a au moins, comme compensation, une indemnité payée au préalable; tandis que le Syndicat n'offre au détenteur, malheureusement trop souvent prévenu, qu'une taxe certaine pour des avantages aléatoires ou même contestés.

Il résulte des considérations qui précèdent et de l'histoire administrative de nos quarante dernières années, que l'opinion publique en France est parfaitement acclimatée aux atteintes portées à la propriété, quand ces atteintes ont pour cause un interêt public incontestable. Mais l'expérience prouve également que si l'expropriation est entrée dans nos mœurs quand il y a un prix convenu à l'amiable ou arbitré par le jury, cette même expropriation, ou plutôt la coërcition imposée aux minorités dans une association syndicale n'a pas eu encore l'avantage d'obtenir aux yeux des intéressés un accueil aussi favorable. Et à cette situation il n'y a pas d'autre motif que celui-ci : on voit l'argent qu'il y a à dépenser ; on ne voit pas aussi clairement le bénéfice qui résultera pour la propriété des travaux considérables et coûteux du Syndicat. On le voit d'autant moins que pour ceux compris dans la première catégorie, il s'agit moins de gains à réaliser que de pertes à prévenir. Et ces pertes, ces détériorations, souvent on n'y croit pas : et on croit moins encore à l'efficacité des mesures proposées.

C'est bien là, si je ne me trompe, l'analyse exacte des sentiments qui s'agitent ou fond du cœur des propriétaires récalcitrants ; et même, avouons-le avec franchise, d'un grand nombre de ceux qui paraissent donner leur consentement de bonne grâce. C'est dans ce

doute beaucoup plus que dans certains vices
d'organisation faciles à corriger, qu'il faut chercher la cause de la défaveur attachée en France
aux Syndicats.

Je regrette d'entrer dans des détails qui
paraitront inutiles; mais nous trouverons peut-
être dans l'énoncé de ces considérations la
réponse à la question qui nous est posée.

Il résulte, en effet, de ce qui précède, que plus
le propriétaire verra avec évidence les avantages d'une association syndicale, moins il
lui fera de l'opposition. Plus on pourra lui
faire toucher du doigt un avantage certain,
plus volontiers il s'engagera dans une opé-
ration dont il peut supputer les bénéfices
annuels, ou la plus value qui en résultera
pour son domaine. Or, tel est le caractère
essentiel des travaux compris dans les § 6,
7, 8 de l'article 1er de la loi de 1865. Il saute
aux yeux que, de prime abord, ces projets se-
ront mieux accueillis par les propriétaires que
ceux dont il est question dans les § précédents,
parceque, s'ils sont sérieux, ils constituent
une amélioration évidente.

Est-ce une raison pour les livrer à leur
seule force, et s'en rapporter d'une manière
absolue à l'initiative individuelle?

Le législateur de 1865 l'a pensé ainsi, trou-
vant d'ailleurs que les lois antérieures les
protégeaient suffisamment. Mais il n'a pas
assez tenu compte de l'inertie bien connue

du propriétaire français, de l'habitude qu'il a d'espérer beaucoup du concours de l'administration, et du retard considérable où nous sommes, dans notre pays, pour tout ce qui touche à l'industrie agricole, en nous comparant aux nations voisines. Il y aurait un relevé fort intéressant à faire dans les Préfectures: celui de tous les efforts qui ont été tentés en vue d'organiser des Syndicats libres. On placerait en regard les échecs et les succès: et l'on verrait combien ceux-ci seraient la grande exception.

Puis donc que la loi en 1865 n'a point atteint le but qu'elle se proposait au point de vue des associations libres, il y a quelque chose à faire pour en favoriser l'expansion. Les auteurs du projet de loi ont pensé qu'il suffirait, pour arriver à ce résultat, d'assimiler les travaux des § 6, 7 et 8 · à ceux des § précédents. J'ai déjà étudié la question au double point de vue du droit et du sentiment du propriétaire; et nous avons constaté qu'on devait trouver auprès de lui un accueil plus sympathique pour ces divers genres d'améliorations. Examinons maintenant, si au point de vue de l'intérêt général, les uns ne sont pas aussi intéressants que les autres.

L'irrigation, le drainage, le colmatage, les chemins d'exploitation et toutes autres améliorations agricoles sont des opérations qui, bien conçues et sagement combinées, peuvent

augmenter dans des proportions considérables
la valeur d'une propriété. Ainsi, par l'irrigation
vous faites d'une terre un pré ; par le drainage, vous assurez le succès des récoltes, dans
des fonds qui n'en produisaient que d'une
manière éventuelle : par le colmatage, vous
rendez à la culture des étendues considérables qui formaient à peine de mauvais pâtu-
rages : par la création de chemins, vous dimi-
nuez de moitié ou des trois quarts la main-
d'œuvre des transports. En un mot, et pour
parler le langage cadastral, vous élevez
vos fonds de deux ou trois classes, et vous
pouvez doubler et tripler votre revenu.

N'y a-t-il là qu'un intérêt privé, comme
paraît le croire le législateur de 1865 ? Certainement non, et c'est sur ce point qu'il a fait erreur.
Il y a un intérêt public au plus haut degré,
non-seulement à la prospérité agricole, mais
encore au développement des forces de pro-
ductivité agricole : Car les questions de sub-
sistances exercent une influence considérable sur la politique générale dont elles peuvent compromettre le fonctionnement régulier, en même temps qu'elles atteignent plus
ou moins directement les finances de l'Etat
qui ont toujours à souffrir de l'insuffisance
des récoltes : si bien que le premier devoir
d'un gouvernement est de faire tout ce qui
dépendra de lui pour que les ressources
agricoles de la France soient supérieures à

sa consommation. Ajoutons qu'en favorisant les améliorations foncières, l'Etat augmente ses ressources ordinaires, le quotient de l'impôt étant plus élevé sur les fonds compris dans les premières classes.

Les mêmes considérations trouvent leur application si on examine la question au point de vue des principes économiques. Ce qui fait aujourd'hui courir des périls sérieux à notre agriculture, ou tout au moins ce qui l'entrave dans sa marche, c'est le prix exhorbitant et toujours croissant de la main-d'œuvre, qui n'est plus en proportion avec la valeur des produits agricoles. A cette situation il n'y a, en se plaçant à un point de vue général, celui où doit toujours se trouver le législateur, il n'y a, dis-je, que deux remèdes: 1º Pour la même main-d'œuvre, augmenter la production dans de fortes proportions; 2º Favoriser toutes les mesures qui peuvent diminuer les frais généraux.

Or le drainage, l'irrigation, le colmatage ont précisément pour but, en accroissant la richesse ou l'abondance de la récolte, de donner un produit infiniment plus rémunérateur en face d'une main-d'œuvre qui n'augmentera pas ou sera même moins coûteuse: et il n'y a que l'association qui puisse permettre de diminuer les frais généraux d'une exploitation, soit par la création de chemins, de forces motrices et autres améliorations communes à plusieurs exploitations.

Donc, tout ce qui sera fait en vue de favoriser, de protéger, de provoquer les travaux que nous venons d'indiquer, sera conforme aux intérêts privés, publics et économiques. Dans les temps où nous vivons, il faut d'ailleurs avoir autant de souci de l'accroissement de la richesse publique, que des causes qui peuvent la diminuer: car en face des dépenses qui vont toujours en augmentant pour les particuliers et pour l'Etat, il est plus vrai que jamais de dire: *Celui qui n'avance pas recule.*

Nous estimons alors qu'il y a lieu de donner un avis très favorable au projet qui propose de ne plus avoir qu'une seule catégorie de Syndicats, celle des Syndicats autorisés. Voilà pour les principes; et nous hésitons d'autant moins à vous conseiller cette solution, que les signataires de la proposition de loi nous offrent les plus sérieuses garanties: ce sont tous de grands propriétaires et des jurisconsultes éminents.

Mais notre étude ne serait pas complète, si nous n'examinions pas à quelles difficultés les projets viendront se heurter dans la pratique, difficultés qui pourront être une objection pour les adversaires de la proposition de M. de Ventavon. On pourra se trouver en face d'opposants appartenant à l'une des trois catégories ci-dessus:

1° Ceux-ci se refuseront à entrer dans l'association, parcequ'il est dans leur système ou dans leur tempéramment de ne vouloir rien entendre à ce qui vient troubler le calme de leur *far-niente,* de ne rien trouver de bon que ce qu'ils font eux-mêmes, de mettre leur plaisir à contrarier leurs voisins, de ne pas comprendre ou de ne pas vouloir comprendre que leur intérêt est identiquement le même que celui des autres propriétaires. Qui de vous, Messieurs, ne connait ce type? 'Il faut sans scrupule le sauter à pieds joints, et ne point perdre son temps à discuter avec lui: il n'est pas un obstacle.

2° D'autres pourront, de très-bonne foi, ne pas se rendre un compte exact de l'amélioration qu'on leur propose, par excès de timidité ou par inintelligence. Ils se refuseront à croire que les bénéfices soient jamais en équilibre avec les dépenses. De là leurs hésitations ou leur refus. Voici une catégorie respectable d'opposants; mais tenez pour certain qu'elle sera très peu nombreuse. Et lorsque le projet aura été étudié très consciencieusement, lorsque ses promoteurs auront confiance et foi dans le succès, à ce point d'y engager toute la partie de leur patrimoine qui peut en profiter, on peut nettement affirmer que la minorité se trompe. C'est vis-àvis de cette minorité, respectable jusques dans son erreur, qu'il faudra user de ménagement, soit en autorisant la non-entrée dans l'association, soit en accordant certaines garanties temporaires, soit enfin en augmentant, si le législateur le juge à propos, la majorité exigée par l'article 12.

3° Ceux-là, enfin, apprécieront, comme il doit l'être, le mérite de l'association, mais reculeront devant la dépense des travaux parcequ'ils n'ont pas de capitaux à leur disposition. Elle est plus nombreuse qu'on ne se l'imagine, cette catégorie des pauvres honteux de l'agriculture, et elle a droit à toute notre sympathie. N'ayant aucune espèce de ressources pécuniaires, ils n'oseront pas l'avouer, et ils se retrancheront derrière d'autres fins de non recevoir. Pour cette catégorie d'opposants, Messieurs, il y a quelque chose à faire, d'autant mieux qu'au fond ce sont des adhérents, auxquels manque seulement le nerf de la guerre pour mettre en batterie leur adhésion avec celle des autres propriétaires.

La loi de 1807, qui a servi de point de départ à toutes les lois organisatrices de Syndicats, a prévu le cas de propriétaires qui voudraient se placer en dehors du droit commun de l'association et se soustraire au payement régulier des taxes.

L'article 21 dit que le propriétaire peut se libérer de l'indemnité par lui due en délaissant une portion relative de fonds, calculée sur le pied de la dernière estimation (l'estimation faite après les travaux).

L'article 22 stipule que si le propriétaire ne veut pas délaisser des fonds en nature, il constituera une rente sur le pied de 4 %.

Enfin l'article 24 décide que si un propriétaire fait obstacle au dessèchement, il pourra être contraint à délaisser sa propriété sur estimation faite dans les formes prescrites par les articles 8, 12, 13, 14 (par des experts nommés par les propriétaires et l'entrepreneur du dessèchement, s'il est besoin, un tiers expert nommé par le Préfet pour départager les deux autres). Il semble qu'on doit trouver dans la combinaison de ces divers articles, les moyens de venir en aide au propriétaire qui demanderait le concours du Syndicat, ou d'évincer, *si l'association y avait intérêt*, le propriétaire récalcitrant.

Ainsi d'une part, la caisse du Syndicat pourrait très-bien rester créancière de l'un des associés pour sa part dans le montant des travaux, à la condition de recevoir de lui une rente équivalente au taux auquel le Syndicat aurait emprunté, sauf à régler les questions de remboursement total ou partiel. Ce serait-là, si je ne me trompe, une innovation très-heureuse, et qui constituerait une des vraies formules du *crédit foncier*.

L'association pourrait également accepter

en payement une partie de l'immeuble en laissant au propriétaire l'équivalent de ce que son fonds avait été estimé avant les travaux.

Ces diverses questions méritent d'être étudiées, et ce n'est pas dans une séance que nous pouvons les résoudre. Pour ma part, une seule chose me touche, c'est le propriétaire besogneux; et je n'hésiterais pas à introduire, dans l'avis que vous aurez à donner, une indication relative à tout le bien que peut faire, à cet égard, la caisse de l'association syndicale. Toute disposition de ce genre sera de nature à prévenir bien des difficultés, et un grand nombre d'oppositions.

En résumé, Messieurs, je vous propose de donner un avis favorable à la proposition de loi ayant pour objet de modifier l'article 9 de la loi du 21 juin 1865, en ce sens que les travaux compris dans les § 6, 7, 8 jouiront de tous les privilèges afférents aux Syndicats autorisés:

1º Parceque on ne s'écarte d'aucun des principes tutélaires du droit de propriété, ni des règles admises pour la conciliation de ce droit avec les nécessités d'ordre public ou d'intérêt général;

2º Parceque l'intérêt général et l'intérêt privé sont d'accord pour réclamer cette importante amélioration législative;

3º Parceque cette amélioration parait impo-

sée par des considérations impérieuses d'éco-
nomie politique et agricole ;

4° Parceque dans l'organisation de ces Syndicats, il serait très-facile d'instituer un système de comptabilité qui permettrait de faire
des avances aux propriétaires qui en auraient
besoin, et d'imposer silence à un grand nombre de difficultés et de réclamations.

Toutefois il ne faut pas se faire illusion.
Il restera toujours quelques-unes des préven-
tions qui entravent aujourd'hui la marche des
Syndicats, et créent ces coups d'épingles sans
cesse renouvelés qui fatiguent et découragent
les syndics.

III

Ici, Messieurs, devait se terminer mon
rapport. Mais vous m'avez chargé de vous
exposer les idées que m'avait suggérées mon
expérience sur les modifications dont serait
susceptible la législation sur les Syndicats.

La loi est bonne, et je ne vois rien, pour
le moment, à y changer ; la règlementation
seule me parait pouvoir être améliorée dans
quelques-uns de ses détails.

Ainsi je n'hésite pas à reconnaître que
l'organisation actuelle péche par la publicité.
Ce n'est que par des affiches et l'insertion
dans les journaux que l'on fait connaître la

création d'un Syndicat, les enquêtes, les con-
vocations, les élections, etc. etc. Or, ce mode
de publicité est tout à fait insuffisant. Peu de
propriétaires lisent les journaux de la localité,
personne ne lit les affiches, excepté les oisifs
de la rue et de la place publique. On est donc
tout étonné d'apprendre, au bout de deux
ou trois mois, qu'il y a eu une enquête sur
un plan de travaux, des élections de syndics,
etc.

Bientôt les réclamations pleuvent sur le
bureau du syndicat, alors qu'il n'en est plus
temps, et, quelquefois même, quand les travaux sont déjà exécutés. C'est une chose
fâcheuse et qu'il faudrait pouvoir prévenir à
tout prix. Et rien ne serait plus simple: il
suffirait pour cela d'envoyer un avis imprimé
à tous les intéressés. Personne alors ne
pourrait prétexter d'ignorance.

De cette façon, chaque intéressé connaîtrait
non seulement le plan des travaux, mais encore le montant de la dépense, et le chiffre
très approximatif de la taxe à laquelle il
sera imposé. L'obligeance des agents des ponts
et chaussées ne ferait pas défaut à ce
nouveau mode d'information. On obtiendrait
ainsi une enquête et une publicité sérieuses,
au grand jour, telle que le veut la loi; et on
éviterait toute espèce de suprise.

Une autre innovation, qui me paraîtrait
très opportune, consisterait à convoquer les

plus forts intéressés en nombre égal aux membres de la Commission, non-seulement pour la confection du budget, mais encore toutes les fois qu'il s'agirait de contracter un emprunt, ou de faire des acquisitions d'immeubles.

Pourquoi serait-on moins libéral en matière d'administration syndicale que lorsqu'il s'agit d'administration communale? Il me semble au contraire que la situation des propriétaires syndiqués est bien plus intéressante que celle des habitants d'une commune. Pour ceux-ci, le patrimoine privé n'est pas en cause: le budget se solde avec les ressources de la commune, toujours les mêmes, et les dépenses se renouvellent toutes les années dans le même cadre. Pour ceux-là au contraire, il s'agit de dépenses pour travaux extraordinaires auxquelles on fait face par des taxes spéciales. Ne semble-t-il pas naturel de leur demander leur avis lorsqu'il s'agit de faire le budget, à plus forte raison s'il était question de voter un emprunt? Vous savez que les plus forts imposés sont toujours adjoints au Conseil municipal pour les votes d'emprunt ou de centimes additionnels. On aurait ainsi l'immense avantage de décharger d'autant la responsabilité des syndics, qui puiseraient dans ces réunions une force et une autorité sans cesse renouvelées pour continuer leur besogne trop souvent ingrate.

Je n'hésiterais pas non plus à prescrire une visite des lieux à laquelle seraient convoqués les propriétaires intéressés, *pour avis seulement*, lorsqu'il s'agirait de travaux neufs. On ne saurait trop faire la lumière, ni créer trop de contrôle en pareille matière.

Telle sont en résumé, Messieurs, les innovations que je proposerais à la règlementation. Je ne partage point l'avis de ceux qui pensent qu'elles seraient de nature à entraver la marche du Syndicat. Je crois, bien au contraire, qu'elles lui donneraient une situation meilleure, et feraient cesser, sans préjudice pour le bien commun, des récriminations toujours regrettables, si mal fondées soient-elles.

Lt DE ST-PULGENT,

Ancien Préfet.

La Chambre, à l'unanimité, vote les conclusions du rapport qui précède, et décide que ce rapport sera imprimé pour être répandu dans le département.

Montbrison. — Typ. A. Huguet.